DEMIAN Z.

ANDEUTUNGEN

Lyrik

γνῶθι σεαυτόν -

Gnothi seauton

πάντα ῥεῖ -

Panta rhei

無為 -

Wuwei

Stummer Schrei

Ein Schrei will mir entfahren…

Die Welt will ich lieben –
Die Welt will ich zerschlagen,
Jener sagt bei meinem Anblick: „du bist gut“,
Ein anderer verzieht angewidert das Gesicht.

Die Welt will ich erobern –
Vor der Welt will ich fliehen,
Das Mark des Lebens aufsaugen –
Und nicht mehr sein.

Was ist der richtige Weg?
Ein Schild zeigt in alle Richtungen:
Ich gehe in keine,
Ich kann nicht

Sei reif! Sei mutig! Sei erwachsen!
Sei *irgendwas*!
Ich weiß nicht, wo ich hin muss:
Es geht nicht rein, es geht nicht raus.

Ein Schrei will mir entfahren –
Doch ich bleibe nur stumm.

Seelenkrieg

In mir lebt

Der Mann

Ein Schattendasein –

Ich fürchte seine

Stärke, seinen Mut,

Seine Macht, sein Schwert,

Seine Reife:

In mir lebt

Das Kind

Und es wünscht sich

Den ew'gen Status Quo,

Harmonie, Weichheit,

Wärme, Nähe –

In mir lebt

Das Ich,

Noch nicht edel, doch wissend um

Seine Aufgabe:

Das Selbst – Göttliches –

Abzubilden;

Doch einstweilen

Kämpft es gnadenlos mit sich,

Mit Eros und Intellekt,

Mit Mann und Kind:

Dies ist:

Der innere Krieg

Der Kapitän, der Angst hat

Ein schwerer Sturm am Horizont:
Wilder Wellengang und
Nahende Dunkelheit,
Grelle Blitze und tiefes Donnergrollen –
Poseidons Macht lässt mich schaudern
Und ich verkrieche mich
Unter Deck, hoffe, bange, bete,
Verschließe meine Augen, wage nicht zu atmen:
„Gehe vorüber, bitte!" –
Doch nicht nur das Unvermeidliche *draußen*,
Auch die unbarmherzige Stimme *in mir*
Martert und demütigt mich;
Heimlich, still und leise, aber unentwegt flüstert sie:
„Hoch, an Bord! – Setz' dic Segel! – *Der Kapitän bist du*!" –
Der Kapitän bin ich? –
Alles, was ich habe, ist Angst:
Vor Höhe.
Vor Tiefe. –
Letztlich: Vor dem Leben. –
Ich bin der Kapitän? –
Es ist so beschämend…

WOHL dir, ewig Unverstandener!
Die Welt scheint nicht deine Heimat,
Die Menschen nicht deine Geschwister,
Kein gemeines Ideal zieht dich an –
Wieso bist du hier? –
Ist's nur ein makabrer Scherz der Götter,
Dich erschaffen zu haben, gar ein
Irrtum?
Gewiss: so einer wie du
Verträgt sich nicht mit dem Geschmack der Masse
Und dir selbst bist du fremd, manchmal;
Inmitten der Welten bist du
Nicht fest, noch flüssig –
Niemals fassbar
Und stets rasendem Wahnsinn nah':
Das Leben peitscht dich durch,
Ohne Rast und Halt und Heimat
Deinem Schicksal entgegen –
Doch lass dich trösten:
Statt der Menschen lieben dich die Götter:
Drum trägst du dieses Kreuz –
Wohl dir, ewig Unverstandener!

Im Strudel

In den Strudel eingetaucht
Und dabei
Auf mich getroffen:
Wollte ich je *dieser* sein? –
Gibt es ein Entkommen oder
Muss ich hindurch? –
Wohin es geht,
Das weiß ich nicht.

ICH will leben, ich will leben,
Ich will‘s nicht, ich will‘s nicht:
Kann ich’s denn überhaupt noch –
Konnte ich es je?
Sei’s drum: ich muss hindurch. –
Kein Trost.
Kein Lichtblick.

Ein paar beschissene Zeilen

Für manche bin ich
Krank,
Dabei fühle ich mich eigentlich
Ziemlich gut –
In dunklen,
Tiefen Stunden
Erkenne ich,
Wo die Reise hingehen
Kann –
Und ich fürchte mich
Davor,
Wie vor nichts sonst.

Für nichts bin ich
Bereit:
Weder dafür zu leben,
Noch zu sterben –
Aber das
Ganze Leben Hier:
Ist es nicht noch viel
Schlimmer
Als alles andere?

ES lebte einst ein Mensch
Der wollte Ziele haben, zu etwas werden
(Zu Hause) Ankommen und s e i n –
Doch wie sehr er sich mühte
Nie kam er a n
Und trauerte still im Angesicht
Steter Unruhe und ewigem Schlamassel

Gleich wie nah er dem Glück
Es zerrann im Augenblick des Greifens
Alles schien ihm ein verdammter Witz
Jeden Sinnes enthoben
War es da nicht so viel vorzüglicher
Nie mitgemacht, ja –
Keinen Atemzug je getan zu haben?

No need to cry

Wenn Dich das Hässliche
Umgibt und Du
Dich darin verlierst und Du
Die Dunkelheit Deinem Licht
Vorziehst:
Lass den Sturm vorüberziehen,
Halte Dich fern, das Ungewollte
Nicht zu wollen:
Wir sind gespannt zwischen
Himmel und Hölle
Und jeder Sturm, jedes Tief ist
Nichts anderes als die Tatsache,
Dass wir Menschen und –
Am Leben sind.

Sei willkommen, du
Hässliche Zeit –
Du Spiegelbild des Schönen.

AUFGEHEN will ich

In der Welt und

Mich im Schmerz wühlen –

Im Suff und Trieb schreie ich

Nach Vernichtung,

Untergang,

Auferstehung –

Eine Geburt zum Leben:

Mögen alle meine Teufel und Engel

In mir erwachen,

Ich: Kind der Welt und

Sohn Gottes.

Jenseits der Dinge

So vieles will ich festhalten, bewahren,
Für immer, Dich und mich, doch
Greife ich nach Dir, so
Entschwindest Du
Und will ich mir
Meines Selbst' habhaft werden,
Ahne ich: *nichts ist je zu fassen* – alles,
Alles wird, alles vergeht, aber dahinter,
Da ist etwas, fernab der Zeit:
Die Gegenwart, der
Ewige Moment!

MYRIADEN von Momenten flossen dahin
Und er suchte nach *dem* Sinn –
Wo er zu suchen hatte, das wusste er nicht,
Er hielt sich oft im Dunkeln auf, aber auch im Licht.
Und dennoch, nichts gab ihm Glück und Frieden,
Er war es satt, neue Pläne zu schmieden:
War am Ende doch alles vergeblich,
So war der Versuch, das Leben zu ändern, schädlich.
Also hielt er inne
Und verdingte sich sodann als Minne –
Ihm schien, vom Scheitern zu dichten
War doch noch ein klein wenig besser, als sich selbst zu richten –
Ach, sein Lebenswerk war doch so traurig,
Diese Durchschnittlichkeit schlicht schaurig.

Die Lehre dieser Zeilen:
Beim Suchen des Sinnes solltest du nicht zu lange verweilen!

Der lethargische Heros

Diese eine Frage ist schwer zu ertragen:
Werden wir je ein anderes Leben wagen?
Bisweilen scheint, das Rad der Zeit
Hat uns so endlich so weit,
Dass wir vergessen, was es heißt zu leben,
Bei unserem schnöden Streben
Nach Verbesserung und Konsum,
Weltenrettung und Egoruhm.

Ausbrechen will ich, rein und böse sein,
An meiner Tafel schenke ich die Wahrheit ein:
Der Zeitgeist wird mich dafür hassen –
Einen *Freien* – den kann die Gesellschaft nur alleine lassen;
Drum nehme ich all' meinen Mut zusammen,
Um dem Zeitgeist, diesem Tyrannen,
Meine bescheidene Faust hereinzurammen.

Doch liebe ich die Bequemlichkeit
Und bei allem Pseudoleid,
Das mir widerfährt,
Mache ich mit geballter Faust kehrt –
Nun, ich bin doch kein Held,
Werde nicht ausbrechen, aus dieser merkwürdigen Welt.

Alles und nichts

Ein Leben gab ich
für Erleuchtung;
Doch erkannte ich nur –
dass ich nichts erkannte.

Drum heilige ich nichts:
So sehr –
Als wäre es alles.

Wohl dem Angekommenen

Auf der Suche
Nach sich selbst,
Wird verlieren,
Wer nicht wagt.

Kein Führer im Außen,
Der zu Dir führt;
Nur Du
Kennst den Weg!

Vielleicht hilft Stille dabei,
Manchmal Lärm – doch
Nichts verdirbt den Heimweg
So sehr wie fremde Stimmen.

Wohl dem,
Der sich gefunden hat!

Klagelied des Jünglings

Agonie als meine treue Begleiterin!
Sprachlose Unfassbarkeit –
Erwachte Dämonen:
Ich riss sie geradezu aus ihrem Schlaf –
Auch ich bin schuldig:
Dies zu wissen ist:
Gnade!

Die Brust schnürt es mir zu
Unter meinesgleichen weiß ich
Wer Wolf, wer Schaf ist –
Sie erkennen mich nicht,
Die Rolle des Jünglings steht mir zu gut.

Der Jüngling trägt eine Axt,
Und ist blind:
Was er anrichtet
Weiß er nicht –
Will er nicht wissen,
Nur manchmal dämmert ihm:
Er ist so schlecht wie das Schlechteste,
So gut wie das Beste:
Er ist ein Mensch.

Überfressen von Schmerz,
In lähmender Verzweiflung
Verschließe ich die Augen,
Warte auf die Spinne –
Ach, meine Kräfte sträuben sich! –
Sie sind bereit, zu erschaffen;
Doch Mut ist mir fremd.

Jahrelang bliebest du im Nest
Und wusstest: du *musst* raus! –
Doch du wolltest nie verletzen,
Nie eine Welt zerstören;
Jetzt sitzt du hier, du noch junger Tor,
Bist so feige wie je zuvor.

Ich bin mir selbst überdrüssig,
Saß oft auf dem Fenstersims,
Besoffen und trauertrunken –
Nur die Schwäche eines kurzen Impulses… –
Und bin noch hier, am Leben*!*
Drum schreit es in mir:
Es reicht!

Die Maske des Jünglings,
Steht mir nicht mehr:

Sie frisst mich auf und
Führt mich ins Tal der Tränen;
Denn unter ihr
Verbergen sich tausend Seiten:
Ein Mensch.
Der Mensch. –
In uns allen!

Nach jedem Aufbruch deucht mir:
Egal wohin, ich treffe niemand geringeren als
Mich.
Die Welt ist ein Spiegel,
Warum also nicht mal lächeln,
Zähne zeigen?!

Entkoppelt ist der Jüngling
Von seiner Natur;
Gebannt ist der Jüngling
In seiner Rolle –
Der Jüngling:
Ein Schauspieler,
Der nicht unterscheidet.

Meinem Licht will ich folgen:
Das Todbringende –
Und mich

Lassen.

Doch davor muss ich lernen,
Wie das Schwert geschwungen wird:
Heilend, nicht tötend. –

Wer will schon leben

Wer leben will,
Gleicht einer Raupe,
Die sich aus dem Kokon kämpft,
Ihre Welt zerstört;
Doch nicht, weil sie will –
Sondern: weil sie muss:
Um zu Größerem, Vorherbestimmten zu werden.

Wer leben will,
Muss Gewohnheiten überwinden –
Das Alte zerstören,
Um zu Neuem zu werden:
Eine stetige Geburt,
Ein stetiges Sterben.

Wer leben will,
Darf nicht mehr wollen,
Was seine Seele bannt –
Der Strom des Lebens
Kennt nichts, außer:
Ewiges Werden, ewiges Vergehen.

Doch wer will schon leben?
Du!

Traum eines Wahnsinnigen

Überfordert schlafwandle ich,
Ein Träumer unter Blinden –
Denn das Sehen ist mir gar zu grausig
Und ich flehe zur Welt:
Bleib‘ stehen!

Was gestern eine große Mode,
Ist heute schon zerronnen:
Milliarden Menschen zieren den Planeten,
Doch kennen wir wirklich auch nur *einen* –
Gar uns selbst?

Alles ist möglich,
Nichts ist nötig:
Wir schwören auf Freiheit –
Freisein *von allem*,
Und sind doch nur ermattet:
Das Hamsterrad fordert seinen Tribut.

Ich träumte,
All‘ meinen Mut zu sammeln,
Bereit, für einen Moment auszubrechen:
Drum ließ ich los,

Verlor die Kontrolle,

Vertraute dem Leben –

Aber es war doch nur:

Der Traum eines Wahnsinnigen!

Ich bin

Vertrauen braucht keine Gründe –
Dort, wo Zweifel sind und
Rechtfertigungen und Argumente schreien –
Dort ist der Mensch verloren:
Entkoppelt vom Leben, entkoppelt von Allem.
Ich darf sein –
Weil ich bin:
Ich bin!

FLIESST alles,

So ist nichts fest:

Jeder Glaube ist Wahn,

Und Hingabe heilt –

Ans Leben:

Jenseits von Gut und Böse

Und allen Vorstellungen:

Eine größere Tat

Gibt es nicht

Der Klang der Schöpfung

In tiefer Versenkung,
Fernab jeder geistigen Verrenkung,
Schlummert unsere schöpferische Natur –
Lausche hin: von Lärm keine Spur;
Obwohl alles in ihr enthalten
Und sie verantwortlich für das ewige Walten
Wird ihr nichts und niemand habhaft –
Eine unbegreifliche Kraft.
Jedes weitere Wort darüber zu verlieren wäre Unbill:
Drum tauche auch du ein: und werde still!

Heiliger Mittagschlaf

Alles zuwider, Ekel
Und Verdruss, Schmerzen und
Ein Tal, dessen Tiefe
Seinesgleichen sucht –
Und es geht tiefer, tiefer –
Hinweg
Dämmere ich, verschwinde
Im Namenlosen und
Tauche wieder auf, entspannt,
Friedlich, bar jedes
Krampfes, und ich bin
Frei.

Hin zum Schönen

Griesgrämig wandere ich durch
Die Gassen, voller Zorn, voller Last, und die
Menschenmassen tun ihr übriges –
Aus dem Nichts: Gedankenstille, Hingabe
An den Moment, ich sehe
Laub fallen, spüre die Sonne auf der Haut, schaue
In geheimnisvolle Ecken: eine Geburt
Zur Freude hin und mein Herz ist erfüllt
Und spricht:
Das Schöne ist da, um
Erlebt –
Um zu es *selbst* zu
Werden.

Befreiung

Durch den Weinberg trägt es mich,
Und ich bin voller Sorgen;
Im Herzen ein Stich:
Wo kann ich mir ein Stückchen Leben borgen?

Mein Kopf rattert,
Das Nervenkostüm flattert;
Die Sonne wirft ihr Licht
Inmitten mein Gesicht.

Wie geht es nur, das Leben?
Eine Qual, dies nicht zu wissen –
Was würde ich geben, diese Marter zu missen!
Mein Blick fällt auf eine Bank, umgeben von Reben.

Ich setze mich nieder
Und *höre* plötzlich der Vögel' Lieder,
Vernehme satte Farben und herrlichen Duft,
Sauge sie ein, die frühlingswarme Luft.

Sorgen und Bilder sind verschwunden,
In diesem Moment habe ich es gefunden:
Das Leben, die Schöpfung, die Ewigkeit –

Tanz, Freude, Lebendigkeit!

Durchbruch zum Leben

Er ging durch den Wald,
Und Tausendundein Gedanken verfolgten ihn –
Seit jeher waren dies seine Fesseln,
Ein vollbeladener Geist:
Bilder der Welt, Bilder des Selbst –
Und er fragte sich,
Verzweifelt durch seine zwanghaften Chimären:
Wo und wann findet es nur statt –
Das, was man *Lebendigkeit* nennt?

Da knackte es, jäh
Und raschelte im Unterholz:
Er blickte umher,
Sah weder Fuchs noch Reh –
Aber er *fühlte*,
Für einen unmittelbaren, heiligen Moment:
Da war es,
Das Leben. –

Lebenslang

Ist's dir schon einmal passiert –
Du willst still sein und ganz frei,
Und versinken im scheinbaren Nichts:
Keine Geräusche, keine Hast:
Urlaub von der Welt –
Abstand von Dir.
Einen Moment lang
Lässt du los, verschwindest –
Und jäh schrickst Du auf, bist wieder da:
Gefangen in Dir selbst:
Ein Leben lang.

Seelenwille

Zwischen einem jeden gesprochenen Wort
Verbirgt sich der heilige Ort,
An dem das Numinose ruht –
Unsereiner jedoch fehlt der Mut,
Dem Lebensstrom zu lauschen;
Feige verlieren wir uns im stumpfen Plauschen.

Doch in jeder Gedankenpause
Kommt unser wahres Wesen zurück, nach Hause –
Aus dem Nichts der Geistesleere
Entspringt eine ewige Sphäre,
Die da alles umfasst:
Licht und Schatten, Ruhe und Hast.

Wir jedoch lieben die Worte zu sehr
– Sind sie noch so leer –,
Ertränken uns im Informationenfluss
Und warten sehnsüchtig auf den einen Dornröschenkuss,
Der uns weckt und befreit
Aus all diesem lauten, ruhelosen Leid.

Sollten wir nicht endlich sehen:
Aus diesem hektischen Geschehen

Führt ewig ein innerer Weg hinaus

Angenehm zu gehen ist er überaus:

Versinke in Stille –

Lausche deiner Seelen‘ Wille.

Der ruhige Herr

Es lebte da einst ein ruhiger Herr,
dem ging's zusehends schlechter –
Er wollte nicht nur Alltag; er wollte *mehr*
War aber doch stets der Normalität Wächter.

Er probierte Tattoos und eine andere Frisur,
Widmete sich neuen Freunden und einer Fastenkur,
Verließ seine alte Stadt –
Aber im Tiefsten geschah doch nichts: ach, er hatte es satt.

Zu vielen Heldentaten strengte er sich also an,
Und überwand dazu seine wenigen Laster;
Hoffnungslos! – Unglücklich fragte er sich: *wann*? –
Es gab einfach kein Entkommen aus diesem schnöden Raster.

Und an einem grauen Tag machte er Schluss:
Gab all seinen Ambitionen einen Abschiedskuss.
Der Durchschnitt also: das zwar sein Zweck –
Es tat gut. Und jeder Zweifel an ihm flog nun weg.

Es lebte da einst ein ruhiger Herr,
dem ging's zusehends gut –
Er wollte nur Alltag; und kein bisschen mehr,

War stets der Normalität Wächter. Und verlor nie seine Wut.

Die große Hingabe

Unzählige Kämpfe liegen hinter Dir –
Wie viele waren wirklich sinnvoll? –
Angst als deine stete
Begleiterin, stets verborgen hinter
Tausenden Masken –
Aber im Grunde
Ist sie bloß *die eine* Täuschung:
Dass du auch nur
Irgendetwas bewahren kannst! –
Dein Schicksal steht längst fest
Und nichts mag dich
Je erretten! –
Doch liegt nicht gerade darin
Die größte Gnade:
Alles wird, alles vergeht –
Tiefer als in die Hand des Lebens
Wirst du niemals fallen.

Ans Leben hingegeben

Könnt' ich noch einmal all' die Sterne in mir fassen,
Ach, und die Jahre sorgenlos verprassen,
Könnt' ich Dein Lächeln noch einmal erblicken,
Dir dabei meine tiefste Liebe schicken –
Könnt' ich mich ein letztes Mal an den Sinnen berauschen,
Dem ewigen Strom des Lebens lauschen –

Bang' frage ich: warum muss es einen Abschied geben? –
Eine Kinderei: so ist es nun mal, das Leben:
Der Fluss fließt ohne mich weiter,
Meine Seele erklimmt nur eine andere Sprosse der Leiter –
Lass also los, mein Herz,
Gib dich zum letzten Mal hin, an Freude und Schmerz.

Das wiedergefundene Leben

Alles schien mir gleich und
Nichts ließ mein Herz noch schaudern,
Leben und tot sein, endloses
Siechen –
Ich gab mich hin –
Wohin, das wusste ich nicht,
Ich trieb
Ins Dunkle, und nun bin ich
Hier –
Alte Gewissheiten zerbrochen, bar jeder
Sicherheit;
Werde ich je ankommen? –
Ganz gleich: ich bin auf dem Weg
Und mein Herz lächelt (wieder).

Ich muss dich aufgeben

Ich muss dich aufgeben,
darf dich nicht mehr suchen –
werde dich nie begreifen;
wirst *du mich* jemals finden?

Ich gab dir Namen,
Und suchte fieberhaft nach meinen Bildern von dir –
Was ich fand, war Wahnsinn:
Gieriger Wahnsinn!

Nun weiß ich nicht mehr,
wonach mir der Sinn steht;
ach, jedes, jedes Bild muss fallen –
jedes Suchen enden.

Ich gebe alles auf –
Bereit dafür ---

GLEICH wo du mich suchst, mich wirst du nie sehen

Ich bin eins mit derselben Kraft, die da lässt Winde wehen,

Aus meiner Quelle entspringen Berge und Flüsse,

Zufällige Berührungen und heimliche Mondscheinküsse

Ich schenke Bäumen und Blumen ihr Blühen,

Inspiriere Menschen zu größten Leiden und Mühen.

Verzaubere Abenteurer, Maler und Dichter

Und erweiche so manche strengen Herzen der Richter.

Setze ein jedes Himmelsgestirn in seine Bahn,

Wer mich nur mit dem Kopf sucht, den schlage ich mit Wahn.

Ein reines Herz erkennt: Meine Kraft hat in keiner Richtung Enden

Du bist vom ersten Herzschlag bis zum letzten Atemzug in meinen Händen –

Mich wirst du nie sehen, daher suche nicht irgendwo nach mir

Ich bin hier: mitten und überall in dir!

IN Dir will ich
Erlösung finden –
Schon so viele Jahre lang
Jage ich Dir hinterher:
Doch bist Du nur
Aus Fleisch und Blut,
Ein kurzer Rausch
Und tiefe Leere.

NACH den Sternen greifend
Halte ich inne:
Mich zu vielen Sonne genähert,
Zu oft verbrannt –
Mein Blick ist so sehr getrübt
Vom Schönen. –

Lebe wohl, Süße!

LIEBE, Hass und Verrat,

Verwundung, Fehler, Angst –

Kann ich lediglich einen Menschen

Für einen Moment

Im tiefsten

Berühren –

Nur *dieses eine Mal,*

Dann hat sich alles gelohnt,

Und trotz allem

Weltschmerz

Darf ich bekennen:

Dann hatte mein Leben

Einen Sinn!

Ich danke Dir –

Feuer für Rudi

Als wir uns kennenlernten,
Warst du nicht mehr jung,
Doch schweigsam,
Vom Leben gezeichnet,
In dich gekehrt –
In deiner Welt.

Und das war,
Was mir gefiel:
Inmitten der Lauten und Wichtigen
Warst du still –
Und littest auf deine Weise.

Deine zarte Pracht,
Verbot ich mir zu stören:
Drum mied ich,
Belanglose Worte an dich zu richten –
Bis auf das eine Mal,
Als du Feuer brauchtest.

Die Streichhölzer reichte ich dir,
Unsere Blicke trafen sich –
Wir *erkannten* uns

Und die Welt blieb stehen.
„Hier“, sprach ich
Und „Danke“ du, lächelnd –

Oh nein, Rudi! –
Ich hatte zu danken!

Zauber und Schein

Durch Dich strömt Wärme
(In einer kalten Welt),
In Dir liegt das gelobte Reich,
Das Eros versprochen wird auf ewig:
Männer machen sich auf,
Sich mit Dir zu vereinen:
Kampf, Auszehrung, Tollheit,
Wanderschaft und heißes Blut.
„Auf geht's", tönt es
In des Mannes Brust (und seinen Lenden)
„*In* das gelobte Land!"

Du trägst viele Namen:
Helena, Kirke, Beatrice, Julia,
Fräulein Müller,
Und bist das süße Versprechen
Auf tiefe Vereinigung:
Das, was des Mannes Welt im Innersten zusammenhält –
Paris wird zum Räuber,
Dante durchquert die Hölle,
Der Werther richtet sich –
Sie tun es: für Dich
(Und weil sie nicht anders können).

Aphrodite scheint durch dein Antlitz –
Und ihr Lachen ist fürchterlich,
Wenn die Schiffe auf die Felsen krachen,
Die Helden zu Schweinen werden,
Das Bankkonto leergeräumt
Und dem Manne endlich deut:
Du bist ein Mensch und keine Göttin –
Es war nicht deine Schuld
Und auch nicht seine,
Es war einfach:
Die Liebe –
Eine göttliche (Verwechslungs-)Komödie!

WIR begegnen uns des Nachts
Zartes Mondlicht fällt auf dein hübsches Antlitz
Deutet deine Formen an
Gespannt ist mein Körper, *nichts als dies*
Unsere Augen treffen sich, ein Lächeln
So kurz
Doch es ist nicht von Belang
Wir beide gehen weiter
Emporgehoben, entrückt, lebendig
Dem Himmel nahe –
Unsere Sternstunden sind einmalig
Es ist der junge Tod, der lodernde Brand
Der wilde Funken schlägt –
Nicht Siechtum, Vergehen und Ewiggleiches
Bringen uns den Göttern nahe.

Hier bei mir

Trostlos ist es, das Herz für
irgendeine Zukunft schlagen zu lassen –
Ich will jetzt sein,
das Mark des Lebens auskosten
Und aufsaugen, was mir
Das Schicksal und
Ich selbst mir bestimmte.

Kein fernes Land ist
Heiliger als dieses –
Ich lausche meinem Blut, meinem
Atem, meiner Kraft und
Fühle:
Ich bin das Leben und
Alle Engel und Teufel, alle
Himmel und Höllen, Sie
Sind in mir –
Wohin also gehen außer
Ins Hier und Jetzt, zu mir.

Niemand voraus

Ein jeder der Helden beschloss,
Einen anderen Weg zu gehen –
Nur dies schien nobel und
Die wahre Antwort auf
Den Ruf des Lebens:
So zogen sie also los und
Fanden nach Jahren der Wirrnis, der
Hoffnung und Täuschung:
Dieser eine, einmalige Weg –
Dieser *Versuch des Lebens*
War es, was gelebt werden musste:
Den Becher zur Neige leeren –
Daneben zählte nichts, keine Vorwürfe
Und keine Urteile, keine Sicherheiten,
Keine Moral:
Lebte doch ein jeder nur einmal und
Ging ihm niemand voraus, so
Gab es weder richtige noch falsche Wege:
Es zählte nur, den Pfad des
Lebens zu erkunden.

Der Kapitän, den Mut beschleicht

Aus dem Nichts bricht das Schiff
Die Wellen,
Das Wasser peitscht der Mannschaft
Ins Gesicht;
Sie blickt grimmig, entschlossen, wissend:
Der Kapitän wird sie führen –
Nicht aber in einen alten Hafen,
Sondern neuen Zielen entgegen.

Er weiß: oft wird er versagen
Und Poseidon und die Sirenen
Werden ihn verlachen,
Piraten werden ihm zusetzen
Und ebenso allzu Königstreue;
Doch dahinter –
Hinter all den Irrfahrten, hinter all den Formen
Ruht das Schicksal, das da spricht:
„Mein Wille geschehe,
Nicht Deiner –
Doch ob wir beide harmonieren, oh Kapitän,
Das zeigen dir die See und der Wind".

Vor was sich also fürchten, fragt der Kapitän,

Wenn alles im Tao enthalten?

ISBN 978-3-7502-7493-8
9 783750 274938 00002
www.epubli.de